Para que practiques
español, y aunque estes
muy lejos te acuerdes de
tu estancia en este co-
legio de Archidona.

Yo te recordaré siem-
pre con cariño

La vuelta al mundo de la hormiga Miga

Emili Teixidor

Ilustraciones de Gabriela Rubio

Dirección editorial: María Jesús Gil Iglesias
Colección dirigida por Marinella Terzi
Ilustraciones: Gabriela Rubio

© Emili Teixidor, 2002
© Ediciones SM, 2002
   Joaquín Turina, 39 - 28044 Madrid

Comercializa: CESMA, SA - Aguacate, 43 - 28044 Madrid

ISBN: 84-348-8871-8
Depósito legal: M-20604-2002
Preimpresión: Grafilia, SL
Impreso en España/*Printed in Spain*
Imprenta SM - Joaquín Turina, 39 - 28044 Madrid

1 La montaña negra

Un día, cuando la hormiga Miga estaba a punto de salir del nido, se encontró con la salida cerrada.

No podía ser que a aquella hora de la mañana, con las filas de hormigas entrando y saliendo del hormiguero para cargar y descargar granos de trigo y otras mercancías, la hormiga portera hubiera obstruido la entrada con su cuerpo como si algún peligro amenazara el nido.

Las hormigas que se habían quedado dentro estaban asustadas y se preguntaban qué ocurría.

Pero enseguida el agujero se destapó, Miga pudo salir y las filas que entraban y salían pudieron reanudar su trabajo.

Fuera, al lado mismo del nido, Miga vio que se había formado una montaña negra. Una montaña grandiosa que casi llegaba hasta el cielo. Como estaba tan cerca, decidió subir por ella para comprobar si estaba formada de piedra dura, arcilla o arena.

Pero al iniciar la subida, la montaña empezó a moverse. Al principio Miga no lo notó. Pero como la montaña se elevaba, como si volara, y luego volvía a acercarse al suelo, la horMiga se dio cuenta de que las filas de hormigas eran cada vez más pequeñas y más lejanas, y por eso supo que la montaña negra andaba como un animal del bosque.

Y así, escondida y acurrucada en un hueco de la montaña para que las sacudidas no provocaran su caída, la hormiga Miga vio que se alejaban del bosque y se metían en una extraña cueva tan negra como la montaña.

Una vez en la cueva, la montaña se quedó quieta. Pero de pronto se oyó un ruido extraño, como si toda la cueva temblara a pesar de que la montaña permanecía inmóvil. A continuación empezaron a oírse palabras y risas y canciones, y Miga, un poco asustada, comenzó a preocuparse por si no podía volver al nido. Y a preguntarse a qué clase de montaña se había subido.

2 *El viajero misterioso*

EL caso es que poco a poco la hormiga Miga se dio cuenta de que realmente se había subido al zapato de un hombre que visitaba el bosque y que después había regresado a la ciudad en coche.

Y ahora la horMiga se encontraba muy lejos de su nido y no podía regresar. ¿Y en qué otro nido la aceptarían, si olía con el olor propio de su hormiguero y las hormigas rechazaban a las que no olían como ellas? Seguramente no podría ver de nuevo a su reina y a sus compañeras hasta que al hombre se le ocurriera visitar otra vez el bosque. ¿Y quién sabía cuánto tiempo podía pasar hasta que aquel zapato pisara de nuevo el prado donde se abría la entrada de su hormiguero?

La hormiga Miga temblaba al pensar que tal vez aquel hombre no tendría ganas de pisar el bosque nunca más. ¡Y, quizá, si volvía, no llevaría los mismos zapatos!

De manera que, en cuanto pudo, la

horMiga salió del zapato y buscó un escondite más seguro que le permitiera observar, ver y escuchar todo lo que aquel hombre tenía intención de hacer en el futuro para conocer cuándo pensaba volver al bosque.

Pasaron días y más días en los que la pobre horMiga se hartó de subir y bajar por calcetines, pantalones, camisas, americanas, corbatas y camisetas... La cuestión era no separarse ni un segundo del señor para poder aprender su lengua y conocer sus proyectos.

A la hora de comer, se colocaba en la parte delantera de su camisa, oculta bajo la cor-

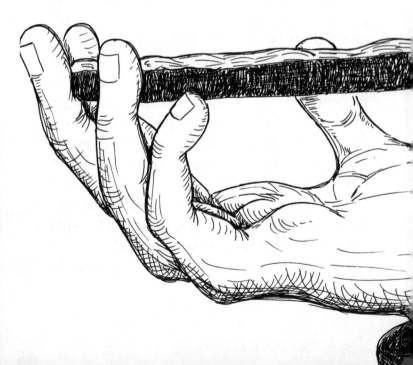

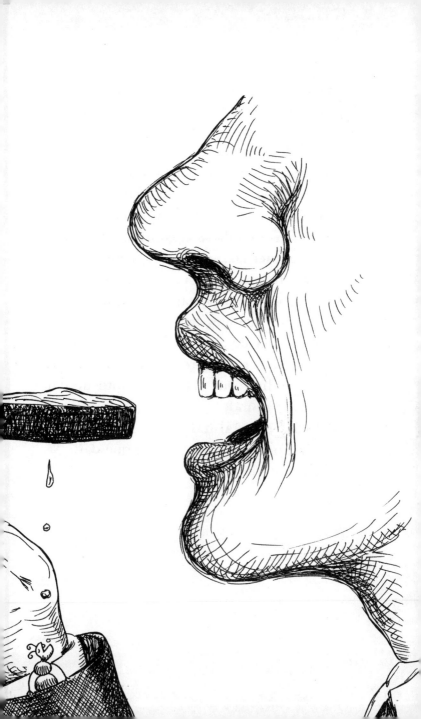

bata, para aprovechar las migajas que caían..., dormía en los armarios o cajones donde guardaba la ropa..., construía nidos en los bolsillos de sus chaquetas para viajar con más comodidad cuando el hombre iba y venía..., escapaba rápidamente cuando metían la ropa en la lavadora o cuando el señor decidía ducharse y ella se encontraba caminando por su pierna..., y llegó a construir un escondite en una de las patillas de sus gafas, al lado mismo de la oreja, para escuchar mejor las conversaciones que mantenía.

Así, al cabo de un tiempo y de muchos esfuerzos, llegó a comprender que se trataba de un periodista que estaba a punto de dar ¡la vuelta al mundo!

Nada de volver al nido. En vez de regresar a casa, la hormiga Miga tendría que dar... ¡la vuelta al mundo!

3 Los carnés de viaje

En un primer momento la hormiga Miga se puso triste porque veía imposible su pronto regreso al hogar, pero después pensó que podía aprovechar la oportunidad de conocer toda la tierra y ver cómo era el mundo, incluso el que se hallaba más allá del horizonte.

Y decidió llevar de equipaje una libretita para ir anotando y dibujando las cosas más importantes que encontrara en su viaje, de manera que al volver al nido podría explicar a todo el hormiguero cómo era el mundo y las personas y animales que lo habitaban.

Como decía la hormiga Vieja: «El saber no ocupa lugar».

Y justo al iniciar el largo viaje, la horMiga empezó también a redactar sus carnés de viaje, que, en su conjunto, tituló *La vuelta al mundo de la hormiga Miga*, y son los que ahora mismo tenéis en las manos.

4 *Carné preparatorio*

ANTES de emprender el viaje, pude apuntar en el primer carné las cosas que vi y pensé mientras miraba los mapas, libros y horarios que el hombre consultaba, situada en la punta del cuello de su camisa.

El mundo es redondo. Por eso podemos dar la vuelta al mundo y regresar al mismo sitio de donde hemos salido. Si el mundo fuera plano, el viaje no se acabaría nunca, eso si el mundo fuera infinito. Y si fuera finito, que significa que se acabara en algún punto, nos caeríamos al final, como si nos precipitásemos en un abismo. Por suerte el mundo es redondo.

Hay personas que se marean cuando viajan en avión, y eso es porque de pequeños no han subido suficientes veces a la noria, al tiovivo o a la montaña rusa.

Los viajes son muy importantes, porque así aprendemos los unos de los otros.

Los turistas son los viajeros que no apren-

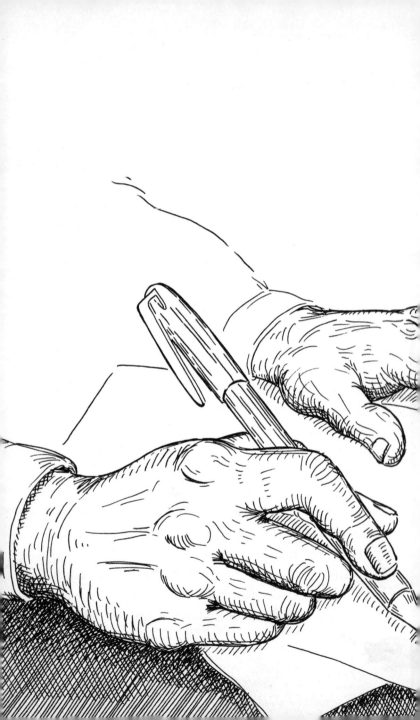

den nada de nada: van y vienen de vacío, cuando llegan o se van de los sitios, porque solo toman el sol.

Un océano es un mar que antes no se sabía dónde acababa. Los antiguos, antes de descubrir América, creían que, así como el cielo no tenía techo, el océano no tenía fin. Pero Colón descubrió América y desde entonces todo el mundo quiere ir al otro lado del océano. Del mar, en cambio, siempre se han conocido sus límites.

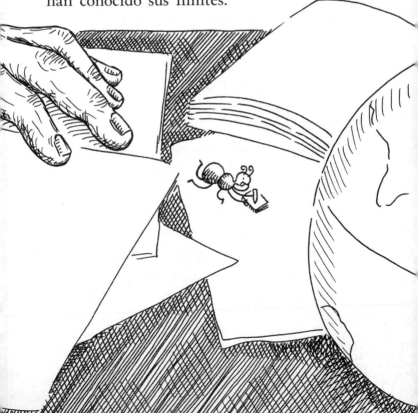

Colón fue un gran viajero, un marinero, y trajo a España por primera vez el chocolate, los tomates, los plátanos, las patatas y el maíz. Si Colón no hubiera viajado, hoy no tendríamos el pan con chocolate ni el arroz a la cubana. Como Colón siempre estaba viajando, nadie sabe dónde nació. Y es que viajar mucho tiene ese inconveniente, que puedes olvidar fácilmente el nido de donde has salido.

Otro gran viajero fue Marco Polo, un italiano que viajó a pie y a caballo hasta la China, y nos trajo los espaguetis, el arroz, los petardos y el papel. Sin Marco Polo, en Valencia no habrían podido hacer paellas ni castillos de fuego.

Los coches solo son buenos cuando no hay atascos, accidentes, peajes, averías, bebés y multas. Con el coche hay que llevar también un chófer, un aparcamiento, un mecánico y depósitos de gasolina, aceite, agua y aire. El coche solo es útil cuando pertenece a otro.

En mi vuelta al mundo utilizaré sobre todo la maleta del hombre, su bolsillo y su corbata para escuchar mejor y ver todo lo que pueda.

5 Primer carné de África: Egipto y las hormigas sagradas

DESDE la ventana del avión, colocada en la patilla de las gafas del señor que me llevaba, pude ver que Egipto era un gran desierto atravesado per un ancho río, el Nilo.

Después de la llegada a El Cairo y de descansar en el hotel, el hombre alquiló una barca muy bonita para ir río arriba. Las riberas del Nilo estaban llenas de huertos y cultivos porque, según dijeron, el río tiene una gran crecida una vez al año y riega los márgenes.

A lo largo del río se levantan palacios y templos y tumbas muy antiguas, porque hace miles de años Egipto era la nación más poderosa e importante del mundo. En aquel tiempo mandaba el rey de reyes, el faraón.

Todo eso se lo explicaba un guía a mi señor y a otros viajeros que iban en la barca con él.

Los faraones eran tan poderosos que nada

17

ni nadie desobedecía sus órdenes. Sus deseos eran ley. Escribían con signos que no eran letras. Según el guía, estos eran sus signos más habituales: el sol O, la luna (, una estrella *, una noche estrellada ***, una casa ∧, una persona alegre :-), una persona triste :-(, un hombre)(, una mujer (), un camino =, una encrucijada +, un pájaro ` ´, un arma ¬ , un puente #, una serpiente S, una puerta A, un problema &, el palacio del rey AAA.

Era como si escribieran en jeroglíficos, como hizo el escriba Ramón Gómez de la Serna cuando puso BBYBT, que se lee «bebe y vete». O la firma PP, que es Pepe. O el más largo elKKOABCSSSEK, que equivale a «el cacao a veces se. seca». QKKSS se lee «Cuca, cásese». BTDAIKDTPP es «vete de ahí, cadete Pepe».

Ahora con los ordenadores hacemos lo mismo; así: :-@ es un grito, :-& es un lío, :-* es un beso.

(Cuando regrese al hormiguero, propondré a las hormigas pequeñas que se inventen un lenguaje con estos signos. Será como un juego para dejar mensajes en el camino del bosque, con ramitas como cerillas y alguna hoja, o haciendo signos en la arena.)

Bueno, pues todo el mundo obedecía al faraón. Este quería incluso que le obedeciera aquella que no obedece a nadie: la muerte. Y para obligar a la muerte a obedecerle, el faraón hizo saber a todos sus súbditos que él no moriría nunca y que cuando cerrara los ojos por última vez debían llevarlo a un palacio grandioso que había hecho construir para que su cuerpo descansara mientras su alma viajaba al otro lado de la vida. Esos palacios son las pirámides, y tienen entradas ocultas y corredores secretos para que nadie estorbe el sueño del faraón.

Los médicos limpiaban el cuerpo del faraón con ungüentos y perfumes; después, lo vendaban de pies a cabeza y lo cubrían de oro y diamantes para el viaje más importante de su vida. Preparado de esta manera, el faraón se convertía en momia. Y a su lado depositaban todos sus tesoros e incluso jarros de vino y trigo por si tenía sed y hambre durante el largo viaje. Incluso dejaban a su lado a sus animales preferidos.

Para los egipcios algunos animales eran sagrados; por ejemplo, los gatos, las serpientes de las que sacaban medicinas, los búhos... y las hormigas.

Las hormigas eran sagradas porque, con su continuo entrar y salir del nido, los egipcios pensaban que llegaban hasta el centro de la tierra. Y el corazón del mundo era precisamente uno de los lugares que podían visitar los faraones dormidos en su largo viaje hacia el otro lado de la vida.

Por eso los sabios del palacio del faraón respetaban y estudiaban con interés la vida de las hormigas, sobre todo de las que se metían en las profundidades de la tierra. Y explicaban que un gran sabio había conseguido entender el lenguaje de las hormigas y así pudo hablar con una de ellas para pedirle:

—Si llegas al fin del mundo y ves pasar al faraón que se durmió hace poco, pregúntale si necesita algo para hacerle el viaje más agradable.

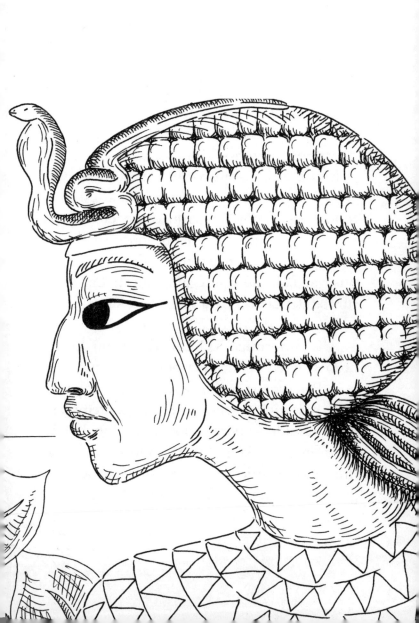

La hormiga TO PA MI, que era lista y ambiciosa como todas las hormigas, prometió hacerlo si veía al faraón en las profundidades; y, efectivamente, cuando volvió a la superficie, le dijo al sabio:

—El faraón es muy feliz en la otra vida, pero todavía sería más feliz si lo acompañara en su viaje una hormiga cubierta de oro y de perfumes como él mismo.

Entonces el sabio cogió a la hormiga y la colocó en un lecho de ámbar, que es el líquido pegajoso y amarillo como el oro que sale de los pinos, hasta que quedó cubierta de resina como en un trono de cristal. Y la puso al lado de los regalos que había en la tumba del faraón para que, como él, tampoco la hormiga desapareciera nunca.

Así la hormiga TO PA MI, como los faraones, quedó enterrada por su deseo.

—Por eso es bueno desear solo cosas buenas —aseguró el señor mientras contemplaba las pirámides–, porque los deseos nos acompañarán a lo largo de la vida y serán las únicas cosas que nos llevaremos cuando llegue la hora del último viaje.

6 *Segundo carné de África:* Las mil y una noches

Me había colocado en la solapa del señor y mientras esperábamos el momento de salir del hotel para ir al aeropuerto a tomar el avión en el que volaríamos hasta la otra punta de África, de Egipto a África del Sur, nos encontramos con un jeque árabe muy educado y amable que habíamos conocido el día antes cuando admirábamos las pirámides desde la terraza del hotel.

El jeque era un árabe de los que en su país, Arabia, poseen pozos de petróleo para llenar las gasolineras de medio mundo y, cuando le dijimos que íbamos al aeropuerto, nos invitó a viajar en su avión particular hasta donde quisiéramos. Eso sí, teníamos que esperar al día siguiente porque él necesitaba todo un día, como mínimo, para avisar a toda su familia, mujeres e hijos, secretarios y pilotos. Los criados no podían preparar más de cien maletas en una hora.

Y mientras el jeque salía para dar las órdenes con el fin de preparar el vuelo, llamó a una muchacha para que distrajera al señor con sus canciones y cuentos.

La chica era negra y muy hermosa. Se llamaba Sherezade.

—¡Oh! exclamó el señor–. «Sherezade», como la de *Las mil y una noches*.

—Sí –dijo ella–. ¿Conoce los cuentos de *Las mil y una noches*?

—Los leí en un libro que compré hace años.

—Los blancos creen que todo se puede comprar y vender –se rió ella con cortesía–. Pero quizá sepa que esos cuentos no terminan nunca. Y si no tienen fin, ¿cómo se pueden encerrar en un libro?

Él se quedó un poco sorprendido.

—Los cuentos son los sueños que la gente sueña despierta –continuó ella–. No terminan nunca, no se pueden detener, siempre están naciendo nuevos cuentos. De esta manera no se enmohecen y se airean constantemente.

Mientras hablaba, Sherezade se puso a tocar un laúd que traía consigo y empezó a contar:

—Contaré el sueño de la libertad. Y no os durmáis, porque mi amo me cortaría la cabeza si os aburrierais.

Supe que un sultán –el rey de los árabes es el sultán– se aburría mucho en su palacio y, por eso, para animarse mandaba llamar a los cuentacuentos que divertían a la gente en plazas y mercados. Pero cuando acababan el cuento, ordenaba siempre que les cortaran la cabeza porque, terminada la historia, se aburría de nuevo.

Hasta que llegó a su presencia una joven bellísima que se llamaba Sherezade. La muchacha halló la manera de distraer al sultán como mínimo mil y una noches, contándole una ristra de cuentos, ensartados unos con otros, que no se acababan nunca. Así no podría cortarle el cuello porque, si lo hacía, el sultán no podría saber cómo acababa el cuento que ella había empezado por la mañana y que no terminaría hasta el día siguiente, cuando empezara otro nuevo.

Yo, aunque solo sea la hormiga Miga, tomaré el ejemplo de Sherezade, haré un poco lo mismo que ella y contaré la historia que nos contó en aquella ocasión nuestra Sherezade; así tendréis que ir descubriéndola poco a poco, a medida que avance el viaje, en medio de otras historias que encontraréis.

Para empezar, solo diré que hace muchos años, cuando los blancos creían que todo se podía comprar y vender, unos mercaderes blancos apresaron a muchos negros de África, los convirtieron en esclavos, los metieron en barcos como si se tratara de troncos de madera y los llevaron a América para venderlos como animales de carga. Hacía poco que Colón había descubierto América y los hombres blancos que se habían trasladado al nuevo mundo necesitaban brazos para trabajar la tierra.

Un día apresaron a un negrito simpático y travieso que se llamaba Selim...

7 Carné de Oriente

AL día siguiente, cuando Sherezade nos había dejado con la miel en los labios en una historia muy parecida a la de Selim, subimos al avión con la familia del jeque árabe y volamos sobre toda África: selvas, lagos, ríos, desiertos... Y cuando estábamos a punto de aterrizar en Sudáfrica, el jeque recibió el aviso de que diera la vuelta y se dirigiera volando –o sea, rápido como el viento– a Turquía porque tenía una reunión imprevista con los propietarios de unos pozos de petróleo para hablar del precio de la gasolina.

—¿Habéis estado alguna vez en Turquía? –preguntó el jeque al señor después de aterrizar un momento en Ciudad del Cabo para poner combustible–. Igual que en África del Sur hay blancos y negros, Turquía es medio europea y medio asiática.

Así volvimos a atravesar África de abajo arriba hasta llegar al Oriente que tenemos más cerca.

De Turquía, yo antes solo había oído hablar del baño turco, que es un baño de vapor y nada más.

—¿Veis aquel puntito de la costa del Mediterráneo? –señaló el jeque–. Son las ruinas de Troya.

Como las mujeres e hijos del árabe no sabían qué era Troya, el jeque pidió al señor que les contara qué había ocurrido en la ciudad de Troya.

—Hace siglos –les contó él–, en las costas de Turquía había pueblecitos de comerciantes griegos y, sobre todo, había uno muy importante que era Troya.

Un día los griegos se enfadaron con sus hermanos troyanos porque una princesa griega muy bella, Helena, se escapó de su casa para irse a vivir en Troya con el hijo del rey, Héctor, que se había enamorado de ella.

Helena era la mujer más bella del mundo y los griegos organizaron un ejército poderoso para obligarla a regresar por la fuerza. Pero los troyanos se encerraron en su ciudad y solo salían para atacar a los invasores.

La guerra de Troya duró muchos años y murieron en ella muchos combatientes de los dos lados. Hasta que, viendo que los troyanos no se rendían, los griegos, que eran muy ingeniosos, se inventaron un truco para entrar en la ciudad amurallada: hicieron ver que se retiraban, pero dejaron al lado de las murallas un caballo de madera gigantesco en el que se habían ocultado los soldados más valientes.

Los troyanos creyeron que el caballo era un regalo o un signo de amistad, y poco a poco fueron saliendo para arrastrarlo hacia dentro de la ciudad.

Y por la noche, cuando los troyanos descansaban confiados, los soldados griegos salieron del vientre del caballo, abrieron las puertas de la ciudad a su ejército, que se había ocultado cerca, y entre todos sorprendieron el descanso de los troyanos y ganaron la guerra.

Helena, la causa de aquel desastre, se hartó de llorar, pero volvió a su tierra, a Grecia, y empleó el tiempo bordando hasta su muerte.

Antes de llegar a Turquía, volamos sobre la ciudad de Jerusalén y sobre una tierra que también está dividida, como Sudáfrica entre blancos y negros, o Turquía entre Europa y Asia. Esta tierra, Israel para unos y Palestina para otros, es compartida por árabes y judíos.

Los judíos han pasado muchas dificultades a lo largo de su historia. Incluso, en tiempos de los faraones, fueron expulsados de su tierra y convertidos en esclavos en Egipto, donde los obligaron a trabajar en la construcción de las pirámides. Y después tuvieron que esparcirse por todo el mundo y refugiarse donde pudieron, siempre con miedo a ser expulsados o asesinados.

Toda la historia antigua de los judíos está escrita en un libro muy grande y hermoso que se llama la Biblia, que quiere decir 'el libro lleno de libros'. Un poco como *Las mil y una noches*. La Biblia está llena de historias interesantes. Por ejemplo, la de los hermanos Caín y Abel. Los dos hermanos tenían que hacer un regalo y Caín escogió las cosas que le sobraban, mientras que Abel, las cosas que más le gustaban. Así todo el mundo supo que Abel era mejor persona que su hermano y Caín se enfadó tanto que se volvió loco de rabia y lo mató.

Hay quien dice que en este mundo hay muchas cosas que están mal.

—Si tú hubieras hecho el mundo –preguntan los sabios que salen en la Biblia–, ¿lo habrías hecho mejor?

—Yo creo que sí –decimos todos–. Lo habríamos hecho sin tristeza ni maldad...

—Pues ¿a qué esperas para mejorarlo? Corre a toda prisa a hacerlo mejor.

Selim fue convertido en esclavo junto con su familia y toda la población; pero, antes de entrar en el barco que lo llevaría como ganado a América, sus padres le entregaron una cosa muy importante.

8 Carné de China

LOS chinos escriben con tinta china, tienen los ojos oblicuos como si se los hubieran estirado hacia arriba y dicen que son de color amarillo, pero no amarillo canario sino amarillo carne.

China es un país inmenso. De cada cuatro hormigas que hay en el mundo, tres son chinas. Con las personas dicen que pasa lo mismo. En todas las grandes ciudades del mundo hay restaurantes chinos, quizá porque en China ya no caben todos los chinos o tantos restaurantes, no se sabe.

Quizá por ser tan numerosos, a los chinos les gustan mucho las cosas pequeñas. Hace mucho tiempo, mucho, había un emperador que vivía en un palacio grandioso, como el país, con tantas habitaciones y servidores que no habría podido dedicarse a nada en su vida si hubiera querido verlas todas y conocer a todos los criados.

El emperador no salía nunca de su palacio, rodeado de jardines y cercado por murallas. China también estuvo muchos años encerrada dentro de una Gran Muralla para defenderse de sus enemigos. Pues bien, un día, mientras el emperador paseaba por los jardines, oyó el canto de un pájaro y quedó encantado.

Le gustó tanto que lo mandó cazar y lo encerró en una magnífica jaula de oro. Quería que el ruiseñor cantara solo para él, cuando a él le apeteciera y que repitiera siempre aquel canto tan dulce que había escuchado el primer día.

Pero cuando el emperador ordenaba al pájaro que cantara, el ruiseñor se volvía de espaldas y no abría el pico. No pudo sacarle ni una nota. Como si hubiera emmudecido.

El emperador se enfurecía y gritaba:

—Todos mis súbditos, protegidos por la Gran Muralla, y toda mi servidumbre, protegida por los muros de este gran palacio, obedecen mis órdenes al instante..., y tú, ruiseñor desagradecido, protegido en esta gran jaula de oro, ¿serás el único que se atreve a desobedecer a su amo?

Y lo amenazó con un castigo terrible: llamaría a sus sabios y jardineros, que estaban acostumbrados a convertir los árboles inmensos en arbolitos en miniatura, de manera que un bosque completo cabía en la palma de una mano, para que empequeñecieran al ruiseñor de tal modo que solo quedara de él la voz, el canto, lo que más le gustaba.

Los sabios y jardineros, que sabían copiar una puesta de sol tras las montañas más altas del mundo en la punta de un alfiler, transformaron al ruiseñor en un pajarito tan pequeño, tan diminuto, que quedó casi reducido a una lengüecita como la pestaña de un niño.

Y entonces el pájaro se puso a cantar. Pero el emperador miraba la jaula de oro y no veía nada. El canto surgía del fondo del jardín y de la cima de los árboles y de la orilla de los riachuelos, pero nadie podía ver a ningún ruiseñor.

—Claro –explicó uno de los sabios–, es que no existe ninguna jaula con barrotes tan apretados que no pueda traspasarlos el canto de un pájaro.

Los padres de Selim, para protegerlo de todo mal, le regalaron una piedra mágica y le recomendaron:

—Con esta piedra podrás conseguir todo lo que te propongas. Pero ve con cuidado. No te sirvas de ella si no es caso de peligro extremo. Ten en cuenta que los hombres a veces piden lo que no les conviene. Además, una vez concedido un deseo, no podrás pedir nada nunca más.

Selim guardó la piedra en el lugar más oculto del cuerpo y siguió a sus padres y a todo su pueblo, todos atados de pies y manos, hacia el barco donde los encerraron los mercaderes de esclavos.

9 Carné de la India

AL llegar a la India, nada más salir a la calle, el hombre pisó una hormiga. Él ni se dio cuenta, pero un indio que andaba a su lado se agachó enseguida para socorrer a la pobre hormiga accidentada.

—¿Qué hace...? –se sorprendió el señor.

—Ayudar a la pobre hormiga –dijo el indio mientras la recogía del suelo y la colocaba en la palma de su mano con mucho cuidado–. Usted tendría que andar con más cuidado, sin pisar fuerte; o, mejor, descalzo como yo, porque puede causar daño a las pequeñas vidas que habitan bajo nuestros pies. Sepa que muchos de mis compañeros llevan la boca tapada con una tela de algodón para evitar tragarse ni un mosquito al respirar.

—¡Qué exageración! –sonrió el señor–. No es para tanto.

—¡Claro que es para tanto, y para más! –le riñó el indio mientras intentaba reanimar a la hormiga aplastada con la punta del dedo–. Hay que respetar a todos los seres vivos, incluso a las migajas de vida.

—Pero si cada día mueren muchos animales como este, en pequeños accidentes, sin querer...

—Pero vuelven a nacer: es la rueda de la vida que no para nunca. Las personas, también. Si han sido buenas, vuelven a nacer como elefantes, y, si han sido malas, como serpientes o sapos. Así, de nacimiento en nacimiento, hasta que llegan a la tranquilidad final... Fíjese, atención... ¡Ahora mismo acaba de nacer otra hormiga en el cuello de su camisa!

Era yo, que había asomado la cabeza para ver qué ocurría. Cuando vi que el indio me señalaba con el dedo y el hombre empezaba a pasarse la mano por el cuello para ver si daba conmigo, huí a toda prisa y asustada hacia la espalda, hasta un punto en que su mano no alcanzaba ni para rascarse.

—¿Lo ve? Una hormiga muere, otra hormiga nace. ¡Ay, ay, ay..., espere! La nueva hormiga ha desaparecido...; eso significa que, quizá, la que tengo en la mano...

El indio notó que la hormiga aplastada movía un poco las patas y le cosquilleaba la mano.

—¿Ve? Como esta todavía está con vida, la otra hormiga, la que empezaba a mostrarse en el cuello de su camisa, ha desaparecido. Es la vida, que forma una rueda y no muere nunca. Me voy corriendo a colocarla en el altar de Buda junto a un ramo de flores para que recupere del todo las fuerzas de la vida.

El señor, extrañado, siguió al indio hasta un templo dedicado a Buda. Y allí, él y yo aprendimos que Buda fue un maestro que enseñó a sus discípulos a respetar todas las formas de vida y a ser felices.

Antes de descubrir la manera de ser feliz, Buda era un príncipe muy rico que vivía con su familia rodeado de criados en un palacio hermosísimo, lejos de la gente.

Un día, Buda, que todavía no se llamaba así, quiso saber qué había fuera del palacio. Y se encontró con un viejo que casi no podía andar, con un joven enfermo y con un muerto que llevaban a enterrar. Y regresó triste a su palacio pensando que él también llegaría a viejo, él también podía estar enfermo y él también se podía morir. Y decidió abandonar todo lo que tenía para retirarse a un bosque, bajo un árbol, para pensar en la manera de ser feliz a pesar de la vejez, la enfermedad y la muerte.

Cuando lo vio claro, tomó el nombre de Buda, que significa 'lleno de luz'. Buda descubrió que para ser feliz hay que desear muy pocas cosas, no tener ningún deseo.

Cuando el indio hubo dejado a la hormiga ante la estatua de Buda, el señor le quiso ofrecer un regalo por su generosidad con los seres vivos, pero él rehusó diciendo:

—Buda nos enseñó que para ser felices hay que saber decir «No». No esperaba ningún obsequio por mi acción y así no me entristezco si no me lo dan. Gracias, pero no.

Yo pensé que para poder viajar tanquila tenía que quitarme el deseo de volver al hormiguero lo más pronto posible: así me fijaría más en todo lo que me salía al paso y sería más feliz.

Después observé que en India las vacas son sagradas, pero no supe averiguar si las hormigas o las pulgas que llevan encima lo son también. Bueno, mejor pensar como el indio, que todas las vidas son sagradas.

10 Carné de Japón

Los japoneses viven en unas islas grandes, pero tan apretados, tan apretados, que, según dicen, cuando un japonés se cae en el centro del país, uno de los que viven en la costa se cae al mar.

Comen con palillos, quizá porque los palillos pueden coger menos comida que una cuchara y también tiene menos dientes que un tenedor, y así comen menos y hay comida para todos. Trabajan tanto que cuando tienen que protestar, en vez de hacer huelga, trabajan más horas para demostrar que no están de acuerdo con el dueño o la empresa. ¡Si ya no caben tantos japoneses, imaginemos qué pasará si fabrican más cosas en vez de fabricar menos! Incluso tienen paredes de papel en el interior de las casas para conseguir más espacio.

Unas hormigas japonesas que encontré en un jardín, porque el señor con el que viajaba dejó los zapatos allí para entrar en una casa de paredes de papel a tomar el té, me invita-

ron a un combate de yudo entre una hormiga
yudoca, llamada Tela Hundo, y un escarabajo
gordo como una bola de grasa, llamado Sumo.

Tela Hundo y Sumo se saludaron cortés-
mente antes de iniciar el combate. El tatami,
que es el tapiz donde luchan con los pies des-

nudos, estaba hecho con hierba perfumada. Parecía imposible que una hormiguita pudiera vencer a un escarabajote gigantesco como aquel.

La hormiga permaneció inmóvil y dejó que el escarabajo se le acercara. Cuando lo tuvo cerca y Sumo cogió impulso para lanzarse a agarrarla, Tela Hundo se apartó y el escarabajo se cayó al suelo con el empuje de todo su peso.

Y así todo el combate; la hormiga no se opuso nunca a la fuerza de su adversario, al contrario: aprovechó la fuerza y el impulso de Sumo para dejar que se cayera solo, ayudado cuando convenía por una zancadilla o un empujoncito en la espalda.

Así aprendió que los pequeños no tienen que oponerse nunca al poder de los grandes, sino aprovecharlo a su favor para provocar su caída cuando se lanzan al ataque.

Me marché muy contenta del Japón porque comprendí que los pequeños somos los más listos. Por eso las hormigas estamos en todas partes, porque podemos meternos y cabemos en todos los lugares.

Selim se preguntaba por qué sus padres no habían utilizado el poder de la piedra para salvarse ellos y a su pueblo de la cárcel y la esclavitud.

Por cierto: ¿cuál puede ser el lugar más oculto del cuerpo?

11 Carné de Oceanía: Australia

En Australia las hembras de los canguros y los koalas tienen un bolsillo en la barriga. Son bolsillos muy prácticos para cuando no saben dónde poner las manos y para llevar los libros camino de la escuela.

Cuando tienen hijos, los llevan en ese bolsillo.

A las crías de koala, cuando son mayorcitas y no caben en la bolsa, las madres las llevan en la espalda. Los machos no transportan a los bebés porque no tienen bolsa, y por eso las canguras y las koalas los tachan de machistas.

Canguros y koalas tienen fama de simpáticos. Los canguros se desplazan pegando grandes saltos en el suelo. En cambio, los koalas viven encaramados en los eucaliptos para comerse las hojas más tiernas.

Australia es la isla más grande y conocida de Oceanía.

En Oceanía, hay tantas islas que parecen una salpicadura de tinta sobre el océano.

En una de estas islas, Nueva Zelanda, vive un animal muy divertido que se llama kiwi, un pájaro que no puede volar de tan pequeñas como tiene las alas.

Un kiwi es como una gallina sin alas y un pico muy largo. El kiwi es tan gracioso que, si alguna vez los animales decidieran fundar un circo, al kiwi le tocaría hacer de payaso.

Las canguras y koalas, con la bolsa de la barriga, podrían trabajar de vendedoras de helados y bocadillos, de acomodadoras, de men-

sajeras...; y quizá también podrían aprender trucos de magia –la cangura Maga y la koala Ilusionista– porque les resultaría fácil utilizar la bolsa para que aparecieran y desaparecieran las cosas. Y el payaso Kiwi daría mucha risa si saliera a la pista comiéndose un kiwi; un kiwi fruta, quiero decir, y no un kiwi pájaro. El público se revolcaría por el suelo.

Para nosotras, las hormigas europeas, Australia está situada en el otro lado del mundo, el punto opuesto.

Las hormigas de los mares del sur llevan collares de flores y faldas de hojas de palmera enana, y bailan moviendo el ombligo cuando se va el sol. Lo hacen porque a los turistas les gusta y lo encuentran exótico.

Los australianos son buenos surfistas. Y conocen bien a los animales con bolsa, claro. Hay animales que nacen "mejor hechos" que otros, y lo tienen más fácil. Como los humanos, que dicen que algunos nacen con más cualidades que otros. Visto desde la pequeñez de una hormiga como yo, es una suerte que algunos nazcan tan preparados para la lucha por la vida. En cambio, las hormigas tenemos que ganárnoslo todo desde el nivel más bajo del suelo, desde cero.

12 Carné de América

En Nueva York, la gente en vez de andar en línea recta, en horizontal, sube y baja de arriba abajo y de abajo arriba, en línea vertical, en los ascensores de los rascacielos. Van más arriba y abajo que adelante y atrás.

Estaba el señor esperando un ascensor para subir al piso ciento dos de un rascacielos, y me encontré con una hormiga norteamericana que también esperaba el ascensor con un saxo en la mano. Yo me había situado en el zapato del hombre y así pude verla y conversar con ella.

—Hola –la saludé–. ¿Adónde vas con ese saxo? ¿Sabes tocarlo? ¿Te gusta la música?

—Toco el saxo en la orquesta de jazz del restaurante situado en la terraza del piso más alto. Aquí muchas hormigas negras forman orquestas de jazz.

—¿Qué es el jazz?

—¿Eres extranjera, verdad? El jazz es una

música que inventaron los negros, cuando eran esclavos de los blancos ricos, para llorar la pérdida de la libertad.

—¿Por qué subes tú sola, tan cargada? Haz como yo: súbete al zapato de alguien y no te cansarás tanto.

—No puedo ver la cara de quien los lleva y no quiero lamer los zapatos que nos han aplastado cuando éramos esclavos. Ven a escuchar nuestra orquesta de jazz cuando estés arriba. Yo llegaré más tarde que tú. Pero es mejor ir solo y lentamente, que rápido y en mala compañía.

Por suerte, el señor fue a cenar con unos amigos al restaurante del último piso del rascacielos y así pude escuchar el jazz de la hormiga del saxo. El jazz es una música de sacudidas que te agita el cuerpo como si te hubieras tragado un terremoto sonoro.

Al acabar, fui a saludar a la hormiga saxofonista. Me dijo que no podía invitarme a su nido porque yo todavía llevaba encima el olor de mi hormiguero y porque la reina, que era muy presumida, se había largado a Hollywood para intentar convertirse en una gran actriz de cine.

Me contó que Hollywood era un barrio de una ciudad muy grande del otro lado de los Estados Unidos, llamada Los Ángeles, que fabrica películas de cine para todo el mundo. Han hecho muchas películas de hormigas, y también de perros y de gorilas. Para un animal es más fácil tener éxito en el cine que para un humano porque los espectadores creen que los animales siempre ponemos la misma cara, y por pocas muecas que hagamos piensan que somos grandes artistas; además, siempre les parecemos graciosos porque imaginan que hacemos las cosas sin pensar.

Pues bien, la reina cambió su nombre: se hizo llamar Niní Naná, y se presentó en los estudios, que son la fábrica donde se realizan las películas, y explicó al productor, que es el que pone el dinero para hacer cine, que quería ser una estrella famosa.

—Esta temporada –le dijo el productor– no contratamos animales vivos. Solo sacamos animales en los dibujos animados. Con el dibujo tenemos bastante. Los animales vivos, en cuanto salen en la pantalla, se creen que son dioses y se les llena la cabeza de humo.

La hormiga reina se quedó muy sorpren-

dida: ¡ella, que ya veía su nombre en letras grandes y de colores en los anuncios de todos los cines: Niní Naná, la hormiga famosa!

—¿Sabes qué ocurre? –le contó el productor al verla entristecida–. Que muchos artistas no tienen nada dentro. Están vacíos. Y si no saben decir o enseñar nada bueno al público, con el dibujo o la fotografía tenemos suficiente. Muchos, lo único que tienen para ofrecer al público es su imagen. Un retrato o un dibujo no cambian nunca, no envejecen, no se enfadan, no se cansan, no se hinchan de vanidad y de orgullo... ¿Tú eres solo tu dibujo o llevas alguna cosa en tu interior que no se pueda dibujar?

Y por eso ahora, me dijo la hormiga del saxo, tenían a la reina encerrada en su nido, triste y desilusionada, y no quería ver a nadie hasta que hubiera descubierto si era solo una figura, un dibujo, una imagen, o tenía

alguna cosa dentro que no se podía dibujar y que podía ofrecer al público en el teatro, en el cine, en la orquesta... o en el mismo hormiguero.

Selim había descubierto que el mejor escondite para ocultar la piedra era el hueco de la oreja, ya que los esclavos estaban casi desnudos y solo había otro lugar más seguro e invisible: la barriga; pero existían dificultades de todo tipo para expulsar la piedra que había que tragarse antes, una vez que fuera necesaria su presencia.

Metida en la oreja, no la vio nadie y así llegaron a América con el barco de los esclavos sin que nadie sospechara el tesoro que llevaba encima. ¿Había llegado la hora de pedir un deseo a la piedra? ¿El deseo de libertad era el más importante que podía pedir?

13 Carné de México

Recién llegados a Ciudad de México, la capital de México, encontré en la calle a una hormiga mexicana con la cual nos entendimos muy bien porque hablan español, como en casi todos los países de América.

La hormiga mexicana llevaba un sombrero de ala muy ancha para protegerse del sol. Muchos mexicanos también llevan esos sombreros, de manera que, si miras desde arriba y ves O, es que hay un hombre debajo; si ves o, es que hay un muchacho debajo; y, si ves ·, es que hay una hormiga mexicana debajo del sombrero.

Cuando la hormiga · vio que estábamos a punto de entrar en un hotel moderno de muchos pisos, me dijo:

—Buscad un hotel de poca altura, de un piso o dos como máximo, porque aquí todos vivimos con miedo a los terremotos. México es muy grande, y la ciudad es ahora una de las más pobladas del mundo, y hace siglos, antes de que llegaran los españoles, la levantaron sobre un pantano, que fíjate que aquí también lo conocen por *tembladero,* y, como cada dos por tres la tierra tiembla, lo mejor es vivir en casas bajas para no caerse desde las alturas.

Con esta amiga mexicana pensamos en cómo convencer al señor para cambiar de hotel. Ella avisó a los miembros de su hormiguero y en pocos minutos las hormigas inundaron el mostrador de recepción. El hombre se asustó al ver que las hormigas llegaban tan arriba; pensó que el hotel estaba sucio y lleno de bichos y pidió una guía de hoteles para escoger otro. Entonces las hormigas se metieron en la guía, se comieron en un pispás las líneas que llevaban la dirección de los hoteles altos y dejaron solo los nombres de los hoteles de planta baja o de poca altura. Y así el señor y yo nos alojamos en un hotel sin peligro de derrumbarse si temblaba la tierra.

—A nosotras –me confesó la · mexicana–, cuando se mueve la tierra, se nos resquebrajan las paredes de los nidos y se nos inundan

las cámaras y los almacenes. Por eso solemos construir a poca profundidad, para poder salir rápidamente en cuanto notamos el temblor.

—Así no podéis vivir tranquilas nunca –la compadecí yo.

—No, porque cuando salimos del nido están los lagartos y sus primas las iguanas esperándonos para atraparnos con un lengüetazo. Por eso todas llevamos siempre un hatillo a la espalda con todas nuestras pertenencias. Parece que en Europa las hormigas llenan sus almacenes a rebosar y con frecuencia los granos se pudren porque no pueden comérselos todos. Pero todos tenemos el corazón en el lugar donde guardamos las

riquezas: así vosotras tenéis el corazón enterrado, almacenado y encerrado bajo siete lla-
ves y siempre se os ve tristes por miedo a
perderlo todo; en cambio nosotras, aquí, llevamos lo poco que tenemos encima, vamos
con el corazón en la mano y estamos más
alegres porque no tenemos miedo a perder
nada, ni a que se nos pudra el corazón.

Al llegar a América, los amos hacían trabajar
a los esclavos todo el día en los campos de
algodón. Selim se preguntaba si las desgra-
cias que sufrían eran suficientemente graves
para pedir a la piedra el deseo de libertad.
Pero se contenía y esperaba, porque, si llegaba a salir de aquella miseria, quizá les es-
perara otra desgracia mayor... y, si la piedra
ya había concedido su petición, no tendría a
quien acudir.

14 Carné de América Central

AMÉRICA Central es como un pasillo alargado entre América del Norte y América del Sur. Lo forma un grupo de pequeños países que vimos desde el avión y que tienen nombres muy divertidos.

Panamá tiene nombre de sombrero y un canal para poder pasar en barco desde el océano Atlántico al océano Pacífico sin dar la vuelta hasta las tierras del Sur. Guatemala debería llamarse Guatebuena porque es muy verde y la gente muy amable. Nicaragua, con ese nombre, no debería tener problemas de sequía. ¿Costa Rica es rica solo en la costa? ¿Honduras es tan profunda como su nombre indica?

15 Carné de Colombia

En Bogotá, la capital de Colombia, me quedé encerrada en una caja fuerte. En la ciudad hay un museo del Oro que guarda todos los objetos preciosos que los indios realizaban con el oro que sacaban de la tierra antes de la llegada de los españoles: joyas, monedas, pendientes, brazaletes, anillos, diademas...

Todas estas riquezas las guardan en una caja fuerte grande como una sala. Y una vez que han entrado o salido de ella un grupo de visitantes, unos guardianes cierran la pesada puerta de hierro para evitar que nadie se lleve nada.

Tuve que subir hasta la corbata del señor para poder contemplar las vitrinas llenas de oro, pero como en aquel museo cerrado como una cárcel hacía mucho calor, él se quitó la corbata, yo me caí al suelo y no logré alcanzar su zapato para subirme otra vez.

Perdí el zapato, o sea, el viaje, y me quedé sola encerrada en aquel lugar, rodeada de tesoros. Tendría que esperar a que entrara otro grupo para subirme a otro medio de transporte.

Por suerte, las hormigas estamos en todas partes, y aquel museo, como es natural, estaba lleno de hormigas colombianas. Me acogieron en cuanto se dieron cuenta de que una hormiga extranjera y viajera –¡nunca turista!– se había perdido. Me tranquilizaron asegurándome que me llevarían al hotel a través de los corredores subterráneos que cruzaban toda la ciudad.

Pero antes me enseñaron cómo se dedicaban a roer los tesoros para sacar de ellos granitos de oro, diminutos como una mota de polvo, que transportaban hasta un almacén bajo tierra.

—¿Y los guardianes no notan que con el tiempo las joyas se estropean?

—Los sabios dicen que la culpa es del calor o de la humedad o del frío... Los sabios siempre tienen excusas para no admitir que es el paso del tiempo el que lo estropea todo. Nosotras, pobres hormigas, solo ayudamos un poco.

—¿Y qué hacéis con los trocitos de oro almacenados bajo tierra?

—Los juntamos hasta convertirlos en piezas

redondas, como monedas de oro antiguas. Lleva mucho tiempo y esfuerzo conseguir una sola pieza, porque somos muy pocas las hormigas que podemos dedicarnos a esta tarea.

—Cuando logramos una pieza de oro –continuó explicando otra hormiga–, por la noche la sacamos fuera y la dejamos en el bolsillo o muy cerca de uno de los niños pobres que duermen en la calle. Aquí, como en todas las grandes ciudades, hay niños pobres y abandonados que duermen a la intemperie. Formamos una especie de ONG para ayudar a los humanos. Los animales ya estamos acostumbrados a ayudar a los humanos. Piensa solo cómo se habrían apañado los hombres y las mujeres sin los caballos y las yeguas para viajar y tirar de los carros, antes de la invención de los coches. O en los perros que guardan los rebaños y las casas, y son tan buenos compañeros. O en las palomas mensajeras que antiguamente se utilizaban como sistema de comunicación; y en las gallinas, que ponen los huevos..., y mil servicios más.

—¿Para qué sirve el oro si no es para alegrar la vida? –se rió la primera hormiga.

—Quizá uno de esos chicos que duermen en la calle es descendiente de los indios que sacaron el oro de las minas. No podemos dejarles morir de hambre.

Cuando me dejaron en la habitación del hotel, por una grieta de las baldosas del baño, me apresuré a meterme en la cartera del señor: así, seguro que cuando reanudáramos el viaje no me dejaría en tierra.

La cartera estaba llena de dinero y tarjetas de crédito y, en cuanto me quedé dormida, me puse a soñar que me moría rodeada de oro y billetes, muerta de miedo de que llegaran los ladrones o las hormigas caritativas a quitármelo todo, como si fuera rica.

Selim trabajaba de sol a sol y, cuando tenía la cabeza descansada para pensar un poco, se preguntaba por qué sus padres no habían pedido ningún deseo a la piedra.

16 Carné del Perú

El Perú había sido tan rico que la gente, antes, cuando quería decir que una persona o una cosa valían mucho, que tenían un gran valor, exclamaban:

—¡Vale un Perú!

O también:

—¡Vale un Potosí!

Porque Potosí era la ciudad del antiguo imperio de los incas, que ahora pertenece a Bolivia, donde había más plata.

Las hormigas peruanas adoran al sol y, quizá por eso, llaman *llamas* a unos animales parecidos a las cabras pero más elegantes.

Las hormigas peruanas lloran por las ciudades perdidas de los incas –que es como se llamaban los antiguos reyes del país–, hoy deshabitadas y en ruinas.

De todo lo que tenían solo les queda el sol.

—Y el sol no nos falla nunca, no se derrumba jamás, sale cada mañana –me decía una hormiga inca–. En cambio, los reyes, los emperadores y los incas van y vienen y no tienen la seguridad ni la fidelidad ni el calor del sol.

17 Carné de Argentina

En Argentina hay un estuario al que llaman *río*. Rico, recio, rabioso, raudo, rebosante, refulgente y renombrado, lleva el nombre de Río de la Plata.

Río de la Plata es tan grande que, cuando está cerca del océano, en Buenos Aires, la capital, desde una orilla no se ve la otra, como si fuera un mar.

Para saber si el agua que estaba pasando a mis pies era del río o del mar, le pregunté a una hormiga que tenía el nido cerca cómo conocía ella si el agua era del río o del mar en el que desembocaba, y ella me dijo:

—Para saber dónde estoy, me trago un sorbito de agua, y si está dulce es del río, y si está salada es del mar.

La Argentina está separada del país vecino, Chile, por un conjunto de montañas, la cordillera de los Andes. En los Andes pude contemplar por vez primera el viento blanco.

El viento blanco es un vendaval que lleva la nieve de los picos de los Andes, por eso es blanco, de la nieve que levanta y transporta.

Y al sur de Argentina y Chile está la punta del fin del mundo. Sopla un viento tan fuerte que levanta las piedras y hace volar a las hormigas aunque no tengan alas. Y más abajo está el polo Sur o austral: todo hielo, frío y blancura. Para las hormigas el desierto es un pedazo de hielo. En el hielo no pueden excavarse nidos. Allí moriría el hormiguero al completo.

Selim empezaba a estar harto de trabajar y de recibir garrotazos del capataz. Antes de tumbarse en la cama, en su cabaña, sobre el jergón de paja, continuaba dándole vueltas a la idea de que tal vez sus padres no habían utilizado la piedra para poder dársela a él.

18 Carné de Brasil

En Brasil existen toda clase de hormigas. Selvas de hormigas. Hormigas gigantes, hormigas rojas, hormigas enanas, hormigas que comen carne o carnívoras... La selva del río Amazonas es la mayor del mundo y está llena de animales que todavía no conoce ni ha visto nadie.

Todas las hormigas brasileñas son aficionadas al fútbol. Todas lo practican. Todas quieren ser grandes jugadoras de fútbol.

En Río de Janeiro, la capital del Brasil, las hormigas cariocas –así se llaman los habitantes de Río– me invitaron a presenciar un partido de fútbol. Hormigas rojas contra hormigas negras. El estadio, situado al pie de un monte con forma de barra de pan que hay en la ciudad, estaba a tope de hormigas. Todas querían dedicarse a jugar al fútbol: actuar de porteras, defensas, delanteras, mediocampistas...

Entonces yo pregunté si había alguna hormiga que quisiera dedicarse a otra actividad que no fuera jugar a fútbol. Salieron dos nadadoras, tres jugadoras de baloncesto, una atleta y una ciclista.

—¿Estás contenta, Miga? –me preguntaban mis amigas cariocas–. ¿Has hallado lo que querías? Ya ves que aquí todo el mundo quiere practicar algún deporte.

—Me preocupa una cosa: que nadie quiera ser árbitro.

Las hormigas futboleras se quedaron muy sorprendidas. No se habían fijado nunca en ese detalle.

—Y, claro, sin árbitros, no se puede jugar bien. Ya lo veis: sin árbitros, ni siquiera podéis jugar un partido de reglamento, un partido serio, un partido digno de ese nombre. Hasta el momento en que tengáis buenos árbitros no podréis jugar partidos que sean deportes de verdad, con ganadores y perdedores de verdad... Pensadlo.

19 Carné de Ecuador

Sɪ os fijáis en la bola del mundo, veréis que en la mitad hay una línea así:

_____

Eso es el ecuador. Y un país de América del Sur se llama así, Ecuador, porque la línea lo atraviesa por la mitad.

Pero esa línea no existe en la realidad. La han inventado los sabios para poder dividir los mapas en dos mitades. Y todos los países llevan también nombres inventados, como yo que me llamo Miga como podría llamarme Pepita o Granito, y Ecuador podría llamarse Tierra Partida o Mitad del Mundo. ¿No será que todos los países son solo uno y todas las líneas inventadas que los separan son fronteras imaginarias que nos ponen los sabios para hacernos creer que los habitantes de la Tierra somos diferentes?

20 Carné de Europa: primero, Grecia

AL llegar a Grecia yo iba colgada de la corbata del señor, y vi que se estaban celebrando los Juegos Olímpicos de Atenas, la capital. Las hormigas también habían organizado sus juegos en una gran explanada al lado del estadio de los Juegos Humanos. Los llamaban los Juegos Fórmicos, y todo estaba lleno de hormigas atletas. Las hormigas estaban muy orgullosas, porque todo el mundo recordaba por aquellos días que los Juegos los habían inventado los griegos.

—Los griegos lo inventaron casi todo: el teatro, la ciencia, la medicina, la poesía, la manera de pensar, ordenada y segura... –me dijeron las hormigas que hacían de árbitro en los Juegos–; incluso inventaron Europa.

—¿Europa también? –dije yo, extrañada–. Europa es un continente: ¿cómo se puede inventar un continente?

—Siglos atrás, los griegos lucharon contra

los persas –me explicó una hormiga jueza de los Juegos–. Los griegos luchaban por la libertad, la belleza, el esfuerzo, las leyes justas, el pensamiento claro y ordenado, la igualdad de todos los ciudadanos... Los persas estaban a favor de todo lo contrario. Ganaron los griegos y todos los pueblos vecinos aceptaron como ellos vivir en libertad y sin leyes injustas ni reyes que abusaran de su poder, y así todos los países que habían aprendido a defender la libertad formaron Europa.

—¿Y por qué eligieron ese nombre?

—Porque los griegos explicaban las cosas con historias fantásticas que llamaban *mitos*. Y uno de esos mitos contaba que había una princesa muy bella llamada Europa y que Zeus, el poderosísimo rey del cielo y de la tierra, se enamoró de ella. Europa no le quería; pero Zeus, para demostrarle su fuerza y su poder, se transformó en un toro blanco y se la llevó montada sobre su espalda aprovechando que la princesa lo estaba acariciando sin saber quién era. Después, tuvieron hijos que realizaron grandes hazañas. Fue

como una lucha entre la belleza y la gracia de la princesa Europa y la fuerza animal de un rey que abusaba de su poder. Y los pueblos escogieron el nombre de la princesa porque preferían la gracia de la inteligencia antes que el poder de la fuerza bruta.

Mientras las hormigas atletas se preparaban, las hormigas juezas me dijeron:

—Como Grecia también inventó la democracia, que es el gobierno de la mayoría respetando a la minoría, puedes elegir las pruebas que quieras ver. Hoy tenemos las carreras de la liebre contra la tortuga y el viaje de la reina de la oscuridad hacia la luz de la primavera.

Decidí democráticamente, porque yo era mi propia mayoría, ver las carreras. Una tortuga desafió a una liebre a que llegaría primera a la meta si le permitía salir antes y le concedía unos metros de ventaja. La liebre aceptó el reto.

Todas las hormigas del estadio aplaudían el coraje de la tortuga.

En la primera carrera, la liebre dejó salir primero a la tortuga, mientras ella, segura de sí misma y despreciando una victoria tan fácil, se dedicaba a comer la hierba del prado y a descansar y divertirse con sus admiradores. La tortuga, entretanto, se apresuraba lenta pero sin perder un segundo, de tal manera que cuando la liebre se dio cuenta de que la tortuga ya se acercaba a la meta, pegó un salto pensando atraparla, pero fue inútil, pues la tortuga ya había llegado.

—¡Y eso que lleva la casa a cuestas! —se reían las partidarias de la tortuga, refiriéndose al caparazón—. De nada sirve correr mucho si no se empieza a tiempo. Hay que ir sin prisa pero sin pausa.

En la segunda carrera, una hormiga filósofa, que son las hormigas que buscan el porqué de todas las cosas, se colocó a mi lado y me explicó:

—Esta es una carrera muy especial. Si quieres que gane la tortuga, tienes que cerrar los ojos y seguir la carrera con la cabeza. Pero si quieres que gane la liebre, tienes que abrir los ojos y ver qué pasa.

Decidí cerrar los ojos porque nunca había asistido a una carrera mental, o cerebral, o como se llame: en fin..., una carrera pensada en vez de vivida.

Y entonces, la filósofa Aristófila me iba soplando a la oreja como si retransmitiera la carrera por la radio:

—Imagina que la tortuga ya ha salido y ya lleva veinte metros de ventaja.

—Piensa que ahora sale le liebre, pero antes de que alcance a la tortuga tiene que llegar a la mitad del camino, a los diez metros.

—Piensa que cuando la liebre llegue a los diez metros, la tortuga que no se detiene habrá avanzado dos metros más; o sea, que cuando la liebre esté en los diez metros, la tortuga le llevará doce metros de ventaja.

—Calcula que para alcanzar a la tortuga, la liebre tiene que llegar antes a la mitad de de los doce metros.

—Piensa que cuando la liebre haya hecho los seis metros de la mitad del camino, la tortuga seguirá avanzando y habrá hecho un metro más, o sea, que le llevará ventaja.

—Y si vas pensando que, para alcanzar a la tortuga, la liebre siempre tiene que llegar antes a la mitad del camino, por pequeña que sea la distancia, y que en este tiempo la tortuga seguirá avanzando aunque sea solo un palmo más en la carrera, siempre, siempre..., comprenderás que la liebre no puede llegar nunca a alcanzar a la tortuga, si la tortuga sale un poco antes. Piénsalo.

Pero el griterío del hormigueo del estadio que aplaudía a la liebre ganadora me despertó de mis cálculos y me hizo abrir los ojos.

—¡Ha ganado la liebre! –grité a la filósofa.

—Eso te enseñará que tus pensamientos y tus acciones pueden ir por caminos diferentes e incluso contrarios. Y para ser feliz tienes que aprender a obligarlos a ir juntos, como buenos amigos.

—Eso es fácil: ¡con no pensar es suficiente!

—No lo creas: mira a aquella hormiga en silla de ruedas.

En una grada del estadio vi a una hormiga lisiada, en silla de ruedas, que contemplaba con admiración a las hormigas atletas que se preparaban para la prueba del triple salto.

—Estaba dando saltos por la playa sin pensar que hay zonas en que no todo es arena, que puede haber piedras ocultas, y al dar una voltereta se cayó de espaldas sobre una roca enterrada en la arena y se lesionó. No pensar es malo, pero hacer caso solo de los pensamientos puede llevarte a creer que los sueños son la verdad.

Aunque no había escogido contemplar el viaje de la reina de la oscuridad, la hormiga Aristófila me contó que cada año, en primavera, acompañaban a la reina de la oscuridad, que vivía en el fondo de la tierra, en su regreso a la superficie, donde la esperaban las flores y los árboles floridos; y cuando llegaba el otoño, la acompañaban al fondo de la tierra, y por eso se morían las flores y muchos árboles perdían las hojas.

Era un historia o mito para explicar por qué había primavera y otoño, verano e invierno.

Otra mito era el de la hormiga Narcisa, que era tan hermosa que no se cansaba nunca de contemplar su imagen reflejada en las aguas del río. Se veía tan guapa que un día se inclinó más de la cuenta porque quería darse un beso, se cayó al agua y se ahogó atraída por su propia belleza.

Encantada por esas historias, me perdí la mitad de los Juegos.

Y me olvidé de Selim y de su historia por unos días.

21 Carné de Holanda

Las hormigas holandesas me contaron que Holanda tiene también otro nombre: Países Bajos. Las hormigas holandesas tienen que ir con mucho cuidado al construir sus nidos porque si los hacen demasiado altos sobresalen enseguida en un país tan llano. Y en cuanto descienden un poco, llegan al mar, porque son países bajos, o sea, que parte de la tierra está bajo el nivel del mar, es decir, que el mar está más alto que la tierra. Por eso, para evitar inundaciones, construyen diques, paredes fuertes para detener el mar, igual que murallas.

A veces el mar del Norte se vuelve loco y levanta olas altísimas y pega empujones para romper los diques, que tienen que ser reforzados constantemente.

Las pobres hormigas tienen que aprender a nadar y sus nidos son como submarinos. Siempre van con un salvavidas en el cuello.

Una vez, uno de los muros que aguanta las embestidas del mar se agrietó y por una rendija empezó a entrar agua hacia las tierras bajas. Por suerte, un chico se dio cuenta, metió el dedo en el agujero y así salvó al país de una inundación.

Pero ¿cuánto tiempo tuvo que estar el chico con el dedo metido en la grieta hasta que acudieron refuerzos?

Cuando me contaron esta historia mientras navegábamos en un barquito por los canales de Amsterdam, una ciudad con las calles de agua, yo pensé que quizá las hormigas habían ayudado al chico, tapando las grietas y el agujero todas juntas, como una piña, mientras el muchacho corría a pedir auxilio.

—Los pequeños –se reían las holandesas mientras subíamos a un restaurante que estaba situado en el centro de un tulipán– siempre son los más listos.

Selim ya estaba harto del trabajo y de los castigos que recibía por parte del capataz, y antes de dormirse en el jergón de su cabaña continuaba pensando en su piedra mágica. Quizá, pensaba, sus padres no la habían utilizado para poder pasársela a él. Quizá, pensaba, sus padres imaginaban que a él le sería más necesaria.

Quizá...

22 Carné de Alemania

Las hormigas alemanas son las más ordenadas, trabajadoras y limpias de Europa y quizá del mundo entero. Son tan testarudas que parece que tengan la cabeza cuadrada.

Las filas de hormigas alemanas parecen un ejército de hormigas desfilando para ir a la guerra de los granos de trigo.

Una vez, en una de esas filas tan ordenadas, había una hormiga que no llevaba el paso. Un día se caía y su caída hacía detener a toda la fila; otro día tropezaba y con el tropezón arrastraba a las hormigas vecinas por el suelo; otro día se cansaba, no podía seguir la formación y las compañeras tenían que llevarla en brazos de vuelta al nido... Hasta que la reina Kaiserin exclamó:

—¡Basta ya! Queremos disciplina, orden y precisión. Hay que acabar con el desorden de esa hormiga Canija que con sus accidentes rompe las filas y retrasa el trabajo de las demás en el almacén de granos.

Convocó a la hormiga Canija a su presencia para reprenderla severamente, y entonces todo el hormiguero se dio cuenta de que la pobre Canija era coja. Por eso se caía cada dos por tres y no podía seguir la marcha de la tropa. Se quedaron todas muy sorprendidas y no supieron qué hacer.

La reina Kaiserin mandó venir de Berlín, la capital, a la hormiga más sabia para hallar una solución al problema. Y la hormiga sabia aconsejó formar una fila especial para hormigas cojas. Pero resultaba que Canija era la única hormiga coja del nido, y una hormiga sola no forma ninguna fila.

—Si va sola –dijo la reina–, andará a su aire y no seguirá ningún ritmo, ningún paso regular. Y todos los trayectos deben durar exactamente lo mismo.

—Existe otra solución igualmente buena –dijo la hormiga sabia–: hacer que toda la fila vaya al paso de Canija y así todos seguirán el mismo ritmo en orden.

A la reina esta solución le pareció estupenda, y así todas las hormigas entraban y salían al paso lento y quebrado de la hormiga coja. La reina Kaiserin prefería más or-

den y menos granos en el almacén que más granos y menos orden.

Y con ese orden riguroso pasaron los años terribles, ¡y cojos!, del reinado de la reina Kaiserin, hasta que subió al trono la nueva reina Konigin y esta, que había padecido el orden odioso de la reina vieja, cambió las leyes. Decidió que dos de las hormigas más jóvenes y fuertes llevaran a la hormiga coja, una a cada lado, y, así, casi sin tocar con los pies en el suelo, Canija podía andar tan ligera y rápida como las demás.

De esta manera las más jóvenes y fuertes aprendieron a apoyar a las más débiles y ancianas y todo el hormiguero quedó satisfecho. Hubo un poco menos de orden, pero más alegría, porque vieron que si alguna hormiga se rompía una pata todo el hormiguero la ayudaría como habían hecho con

Canija. Y además almacenaron más granos porque al final pensaron que, si Canija se quedaba en la puerta del almacén esperando a que llegaran las obreras y dejaran el cargamento a sus pies, en vez de entrar a depositarlo dentro, y le permitían a ella encargarse de ese trabajo, a su aire, a su ritmo, ganaban tiempo, rapidez y alegría. Descubrieron que hay trabajos distintos para las distintas capacidades de todos los seres.

En cierta forma, la piedra ya había hecho un regalo o un servicio a Selim, porque, al tenerla oculta dentro de la oreja, no oía muy bien lo que le ordenaban, y así los capataces llegaron a creer que se estaba volviendo sordo y comenzaron a ordenarle menos trabajos. Y él, por su parte, también se hacía el sordo cuando le mandaban trabajos muy pesados.

23 Carné de Francia

MÁS de doscientos años atrás las hormigas francesas hicieron una revolución en París, la capital de Francia. Tenían una reina que se pasaba el día comiendo cruasanes y bizcochos borrachos y todo el hormiguero tenía que trabajar de sol a sol para llevarle dulces para tenerla contenta. Las hormigas andaban de cabeza todo el día, preocupadas en buscar tortas y tartas para la reina y no les quedaba tiempo para buscar comida para ellas, así que se morían de hambre. Hasta que un día se hartaron de la dureza del corazón de la reina, hicieron una revolución y le cortaron la cabeza, a ella y a toda su corte.

Después escribieron la Declaración de los Derechos de las Hormigas, en la que se decía que todas las hormigas eran iguales, que todas tenían la obligación de trabajar para el hormiguero, y que todas tenían derecho a una ración diaria de la comida almacenada.

Pero como en el hormiguero no mandaba nadie, las hormigas empezaron a comer demasiado y a trabajar poco hasta que llegó el invierno y se encontraron con el almacén vacío y volvieron a pasar hambre, ahora no por culpa de la reina sino por su propia culpa.

Como todas volvían a estar enfadadas con su suerte, surgió una que se puso al frente de las más guerreras y les prometió que si la aceptaban como reina no volverían a pasar hambre nunca más.

Entonces las hormigas la aceptaron, con una condición: que ella aceptara también una Declaración de las Obligaciones de las Reinas, en la que se decía que las reinas pueden ser cambiadas si se preocupan más de los cruasanes y los bizcochos que de organizar el trabajo para llenar el almacén común, que la reina tiene la obligación de ocuparse del bienestar de todas las hormigas, y que la reina solo podrá hartarse de cruasanes y bizcochos borrachos cuando todo el nido haya comido su ración de rancho.

Así salieron de aquella revolución, con una nueva reina que tuvo que jurar la De-

claración. Y desde entonces las hormigas francesas, y sobre todo las parisinas, se creen las cocineras más importantes del mundo porque fueron las primeras en rebelarse para poder comer.

A mí me trataron a cuerpo de reina. Me abrieron la despensa y me hicieron probar más de cien quesos que guardaban y centenares de vinos diferentes. También quisieron hacerme probar las ancas de rana y los caracoles como comen ellas, pero a mí me daba asco y me excusé:

—No, que si como demasiado me volveré holgazana. Un poco de hambre espabila mucho.

Y luego acompañé a mi señor a visitar la tumba de Carlomagno, un emperador que tenía la barba florida y que fue el primero en mandar abrir escuelas para que todos los europeos aprendieran a leer y a escribir, y la tumba de Napoleón, que fue otro emperador más moderno que siempre se rascaba la barriga.

Otra de las ventajas de la piedra en la oreja de Selim y de su sordera fue que los amos no pudieron venderlo a otros amos más duros, porque un esclavo defectuoso no era apreciado por nadie, pues no servía ni para criado de mesa al no ser capaz de recibir órdenes. Los amos prefieren esclavos con las orejas bien abiertas, que cumplan con rapidez sus mandatos. Y así se quedó siempre en la misma cabaña, en la misma plantación, dejado un poco a su aire.

24 Carné de Italia

DICEN que todos los caminos llevan a Roma porque siglos atrás Roma fue la ciudad más poderosa del mundo, y los romanos construyeron carreteras como la Vía Augusta o la Vía Apia, y todas las vías llevaban a Roma, porque los romanos habían conquistado casi todas las tierras y todo el mundo tenía que ir a Roma para algún asunto un día u otro.

Las hormigas me contaron que cuando los antiguos romanos se cansaron de hacer guerras y ganar tierras, decidieron descansar. Entonces, los habitantes de los pocos países que todavía no habían conquistado, los extranjeros o bárbaros, invadieron Roma y se repartieron el gran imperio dividiéndolo en pequeñas naciones. Todo el mundo se asustó mucho ante la invasión de esos bárbaros del Norte. Los más temerosos hicieron el pacto de ayudarse entre ellos, solo entre ellos, y a esa organización la llamaron Mafia. Las hormigas mafiosas son las que solo trabajan para su provecho y el de su familia, y las otras hormigas no les importan nada.

Roma está llena de antiguos monumentos enterrados. Las hormigas tienen que andar con mucho cuidado porque, en cuanto escarban otro corredor en su nido, se encuentran con una estatua o un palacio hundidos.

Las hormigas romanas que me acogieron se encontraron un día con la estatua de mármol de un joven dios bellísimo, que llevaba siglos sepultada cerca de su nido.

—¿Para qué sirve tanta belleza si no la ve nadie? –exclamó una hormiga que tenía

fama de práctica y decidida, llamada Catona.

Cuando otra hormiga más sabia, Cicerona, iba a contestarle, la estatua se puso a hablar, que para eso se trataba de un dios antiguo, y dijo:

—Estoy aquí enterrado para recordar que la belleza no consiste solo en lo que se puede ver en el exterior, sino que también existe una belleza enterrada e invisible que no ve nadie y que hay que saber descubrir en el interior de todas las cosas. Puesto que soy un dios, si quisiera podría largarme de aquí ahora mismo, pero estoy aquí por eso, y para demostrar que

muchas veces todo lo que de verdad vale la pena parece inútil; si sirviera para algo sería útil pero quizá no sería tan bello.

La hormiga práctica Catona se quedó con un palmo de narices. Y las otras enterraron la estatua de nuevo pensando que estaba muy bien eso de vivir con el misterio de la belleza que solo ellas sabían enterrada a sus pies.

Antes de irme y de volver a comer pasta me recomendaron que visitara la iglesia de San Francisco de Asís, un santo que amaba las hormigas, los lobos, los árboles, el sol... y todo lo que había en el mundo. Y acabaron dándome este consejo:

—Si regresas a Italia, recuerda que hay que ir a Roma para ver Roma, a Venecia para ver Venecia, y a Florencia para ver arte, porque es una ciudad llena de cosas bellísimas. Como has visto, todavía quedan muchas cosas bellas por descubrir.

«Por otro lado –pensaba Selim–, si pido algo a la piedra, ya no se la podré dar a mis hijos cuando los tenga, como mis padres me la han entregado a mí, y quizá ellos la necesitarán más que yo.»

25 Carné de Inglaterra

Los ingleses son muy aficionados a solucionar misterios porque, como siempre está lloviendo, no ven nada claro. Cuando mi señor y yo llegamos a Londres, todo estaba lleno de niebla, y el primer misterio que tuvieron que solucionar fue hallar el aeropuerto de la ciudad, de Londres, porque, como íbamos en avión, con el cielo nublado no se veía la tierra.

Para colmo de males, todos los aparatos para comunicarse con el aeropuerto se habían estropeado: no funcionaba la radio, ni el radar... ni nada. El piloto del avión tuvo que pedir auxilio a mi señor, y él le aconsejó que volara más arriba, por encima de las nubes, y que como era de noche se guiara por las estrellas como hacen los marineros cuando no tienen brújulas ni otros aparatos para orientarse.

A mí se me ocurrió otra solución: atarme

a la cintura un hilo muy largo y fino y atar también a otro hilo el peso más pesado que pudiera encontrar –por ejemplo, un clavo o un tornillo– y, una vez los dos bien atados, lanzarme hacia abajo bien agarrada al tornillo o al clavo, hasta llegar al final de la niebla, a pocos metros del suelo. En esta situación, una vez vista la posición de las pistas de aterrizaje, yo rompería con los dientes el hilo del que pendía el tornillo o el clavo, y desde el avión, arriba, notarían por la flojedad del hilo dónde estaba el aeropuerto.

Pero de repente sopló el viento y se llevó las nubes y la niebla y el avión pudo aterrizar sin misterios.

Una vez en el hotel, comprobamos que todos los ingleses estaban preocupados por el misterio del perro que no ladraba. No es que el perro fuera mudo, sino que cada día robaban en la casa de sus dueños y el perro no ladraba.

—Eso es que el perro no es un perro o el ladrón no es un ladrón –dijo el detective más famoso del momento, el inspector Sabueso.

Examinaron con detenimiento al perro y

resultó que este lanzaba ladridos aterradores cuando un desconocido, ladrón o no, se acercaba a la casa. Entonces, el inspector Sabueso dijo que si el perro no ladraba era porque el ladrón no era un ladrón. O sea, que la persona que robaba era conocida por el perro. El detective, por la noche, cubrió el suelo de la casa con unos polvos del color de la moqueta, y a la mañana siguiente a primera hora halló las huellas de unas pisadas que salían de la habitación del hijo mayor, se dirigían al despacho en el que el padre guardaba el dinero y las joyas en una caja fuerte y luego regresaban a la habitación. Naturalmente, hallaron el dinero desaparecido en poder del hijo mayor, que se había endeudado apostando en las carreras de caballos.

—Ha sido un caso fácil –dijo el inspector Sabueso–. Los casos más difíciles que todavía no he resuelto son hallar al criminal que mata la alegría, al culpable de hacernos morir de aburrimiento, al cómplice que abre la puerta a la tristeza, y al ladrón que se lleva el tiempo y nos roba la juventud.

Así, Selim se fue acostumbrando a salir de las dificultades por sí mismo, con su propio esfuerzo, sin auxilios mágicos, y creció cada vez más fuerte y astuto. Las dificultades le fortalecieron, como si fuera invencible.

26 Carné de Rusia

En Moscú, la capital de Rusia, no pude salir de la habitación del hotel porque me dijeron que los osos eran animales muy queridos en todo el país. Claro, como hace tanto frío, los osos ya llevan el abrigo de pieles puesto.

Pero como yo sabía de la existencia de un oso que se llama oso *hormiguero*, que tiene el hocico muy largo y delgado y que atrapa con la lengua a las hormigas para tragárselas, tuve miedo de salir a la calle.

Desde la ventana veía que todo estaba lleno de nieve.

Un día el señor trajo a la habitación una muñeca rusa, de las que llaman *matrioskas*, de esas que se abren por la cintura y dentro contienen otra muñeca que también se abre y también lleva otra muñeca dentro... y así hasta la muñequita final.

—Es una muñeca que no se acaba nunca –dijo el señor–, como Rusia, que parece que no se acaba nunca de tan inmensa que es.

Una vez abiertas todas las muñecas, en la última, la que ya no podía abrirse, se había refugiado una hormiga para protegerse del intenso frío. La hormiga rusa, Nadiuska, me tranquilizó al explicarme que los osos rusos no eran hormigueros como temía yo, que los osos hormigueros vivían en los países cálidos de América; que el peligro para las hormigas

–en Rusia y, sobre todo, en Siberia, que es la parte del país más grande y helada– era el frío. De manera que Nadiuska y yo, para luchar contra el frío, nos metimos en una botella de licor ruso llamado *vodka* hasta que el líquido se nos subió a la cabeza, nos emborrachamos y, al despertar, ya estábamos en el avión de regreso a España. Por suerte, el señor había metido en la maleta la botella de vodka.

—¿Cómo vuelvo yo a mi hormiguero? –se

quejaba la rusa–. Tanto tiempo metida en la muñeca, y ahora me veo encerrada en una botella.

—No te preocupes. Ven a tomar el sol en nuestro país. Tómate una temporada de vacaciones. Ya nos las arreglaremos de alguna manera para regresar. Te llevaremos al aeropuerto y subirás al zapato de algún viajero que vaya a Rusia. Así, de regreso, podrás contar a tus compañeras que has conocido una tierra en la que el sol se mete incluso en los pasillos de los hormigueros y calienta y alegra todos los rincones.

Al cabo de mucho tiempo y de muchas luchas, los esclavos fueron liberados y Selim se sintió orgulloso de haber conseguido la libertad sin más ayuda que su esfuerzo y el de sus compañeros. Si cuando los tiempos eran duros Selim supo superar las dificultades sin el auxilio de la facilidad que representaba la piedra, por qué habría de utilizarla ahora, se preguntaba Selim.

Hasta que, un día, Selim halló la solución. Era mejor no servirse de la piedra mágica porque...

27 Carné del regreso

POR fin llegué a casa, es decir, al nido, cansada como una mula. Y con la amiga rusa de invitada. Primero tuvimos que esperar unos días en casa del señor viajero a que toda la familia subiera al coche para ir a pasar el fin de semana a una finca que tenían cerca del bosque en el que estaba mi hormiguero. Aproveché esos días para contagiar mi olor a la hormiga rusa con el fin de que pudiera entrar en nuestro nido.

Una vez en la finca tuvimos que poner mucha atención para ver quién era el primero que salía a dar un paseo por el bosque para subirnos a su zapato. Cuando el hijo mayor de la casa dijo que tenía ganas de ir a correr un rato por los alrededores y su padre dijo que le acompañaba, Nadiuka y yo corrimos al armario donde guardaban la ropa deportiva para meternos en una de sus zapatillas. Preferimos la del chico, que corría más.

Nada más ver la hierba y los caminos cercanos al nido, pegué un empujón a la rusa y salté al suelo detrás de ella. Tuvimos la suerte de caer de patas. Y anduvimos hasta el hormiguero.

Mis compañeras tuvieron una gran alegría al vernos. Nos daban abrazos y me preguntaban quién era aquella hormiga extranjera, qué me había ocurrido y dónde había estado todo aquel tiempo. La mayoría pensaba que me había sucedido alguna desgracia.

Cuando les conté mi aventura, les leí los carnés de viaje y les mostré los dibujos y apuntes de la vuelta al mundo, se quedaron todas con la boca abierta. Les tuve que contar con pelos y señales todo lo que había visto y cómo eran las hormigas extranjeras. Por suerte me acompañaba la rusa y así pudieron comprobar que todas las hormigas del mundo quieren lo mismo: trabajo, paz y felicidad.

La reina también escuchó mi relato muy interesada y al final comentó:

—Pero di la verdad, Miga: como en casa no se vive en ninguna parte, ¿a que sí?

Yo estuve a punto de responder que todo

el mundo es igual y diferente a la vez, y que
si comparamos un árbol con otro o una ciudad con otra es para conocer mejor las dos
cosas, no para ver quién es mejor o peor,
como si se tratara de un partido de fútbol,
pero la reina no me dejó tiempo para hablar,
porque añadió enseguida:

—¿Verdad que como aquí, en nuestro nido,
no se vive en ninguna parte del mundo?

Yo iba a decir que en todas partes las hormigas saben sacarse las castañas del fuego a
su manera, pero oí que la abuela Hormigüela
decía en voz baja:

—Las reinas sí que viven bien en todas
partes.

La reina oyó la vocecita y preguntó a la
abuela Hormigüela qué había dicho.

—Nada –dijo ella–. Decía que, para com-
probarlo, Miga tendría que hacer otro viaje,
esta vez por la península Ibérica, para con-

tarnos las maravillas que hay en toda España y Portugal.

—Bueno... –dijo la reina–, eso ya es harina de otro costal. Tenemos mucho trabajo todas y no sé si habrá tiempo y oportunidad para viajar gratis otra vez.

Y empezamos todas a trabajar de nuevo, como si no hubiera ocurrido nada...; todas excepto la hormiga rusa, que no hacía más que tomar el sol y esperar un fin de semana para subirse a la zapatilla del señor o de alguno de sus hijos y emprender el viaje de vuelta.

Eso sí, yo trabajaba con más gusto y acierto porque tenía la cabeza iluminada por todo lo que había contemplado y con la esperanza de repetir la experiencia en otra ocasión.

Eso es también lo que descubrí en la historia de Selim inspirada por Sherezade: que la esperanza es una piedra mágica que nos proporciona fuerza e ingenio para trabajar duro y hallar soluciones a todo, o a casi todo. Por eso es necesario guardarla bien y alimentarla con deseos altos e ilusiones, y procurar que no se nos escape nunca, porque sin esperanza no podríamos vivir.

Índice

Si te ha gustado este libro, también te gustarán:

La amiga más amiga de la hormiga Miga, de Emili Teixidor

El Barco de Vapor (Serie Azul), núm. 74

Un día, la hormiga Miga se hartó de ir siempre en fila junto a sus compañeras y decidió escaparse para descubrir cómo eran las cosas más arriba y más allá. Miga quería ver mundo.

La hormiga Miga se desmiga, de Emili Teixidor

El Barco de Vapor (Serie Azul), núm. 86

Cuando la reina se enteró de que la hormiga Miga había abandonado su trabajo para hacer amigos en el bosque y contemplar el horizonte, cogió una rabieta que hizo temblar todo el nido... ¡Había que apresar a Miga inmediatamente!

Cuentos de intriga de la hormiga Miga, de Emili Teixidor

El Barco de Vapor (Serie Azul), núm. 104

La hormiga Miga odia la inactividad. ¡Menudo aburrimiento el letargo del invierno! Pero siempre hay algo que se puede hacer para contrarrestar el frío: calentarse el espíritu contando cuentos ingeniosos.